FABIEN NURY   SYLVAIN VALLÉE

ES WAR EINMAL IN FRANK- REICH

„Mein Freund, hörst du die stummen Schreie der Länder, die man in Ketten legte?"
„Mein Freund, hörst du den Flügelschlag der schwarzen Raben über unseren Ebenen?"

DAS LIED DER PARTISANEN

ZACK EDITION

Originaltitel: Il était une fois en France — Le vol noir des corbeaux

Aus dem Französischen von Martin Surmann
Chefredaktion: Georg F. W. Tempel
Herausgeber: Klaus D. Schleiter

HINWEIS
Obwohl diese Geschichte von realen Vorkommnissen inspiriert wurde, bleibt sie nichtsdestotrotz eine Fiktion: authentische Ereignisse, Annahmen und reine Erfindungen wurden hier miteinander vermischt. Die historischen Personen treffen auf Charaktere, die viele Ursprünge haben, und auf frei erdachte Figuren: Ihr Aussehen, ihr Zustand und ihre Ausdrucksweise stammen von den Autoren.

Farben: DELF
Foto Joinovici © Polizeipräfektur, alle Rechte vorbehalten

Druck: Druckhaus Humburg GmbH, Am Hilgeskamp 51-57, Bremen

© 2007 Éditions Glénat-B.P. 177 - 38008 Grenoble Cedex
www.glenat.com
All rights reserved

Für die deutschsprachige Ausgabe:
© 2011 MOSAIK Steinchen für Steinchen Verlag + PROCOM Werbeagentur GmbH
Lindenallee 5, 14050 Berlin.

ZACK®

www.zack-magazin.com

ISBN: 978-3-941815-56-8

VORWORT VON GRÉGORY AUDA

Joseph Joanovici. Dieser Mann ist ein Mysterium bis hin zur Schreibweise seines Nachnamens, die ungewiss bleibt: Joinovici? Joanovici? Wie seine Freunde aus dem „Millieu" wollen wir ihn „Joano" nennen.

Als kleiner jüdischer Arbeiter kam er völlig mittellos in Frankreich an, wo er am Vorabend des Zweiten Weltkriegs zum Chef eines aufblühenden Alteisenunternehmens wurde. Dieser großartige soziale Erfolg nährte zahlreiche Wahnvorstellungen und trug zum wachsenden „Mythos Joano" bei: ein milliardenschwerer Analphabet, der ein ausgezeichneter Buchhalter war, ein Lumpensammler, der Alteisen einsammelte und Gold anhäufte.

Zu Joanos Unglück sollten der Krieg und die französische Niederlage diesen außergewöhnlichen Aufstieg bremsen. Es war nicht gut, im Paris des Jahres 1940 ein Jude zu sein …

Und genau hier tauchen, aus Sylvain Vallées Stift, die beunruhigenden Figuren eines gefährlichen Universums auf. Für den Szenaristen Fabien Nury ist alles möglich. Er lässt die schlimmsten Individuen des besetzten Paris, des Verbrechens und der Kollaboration aufeinandertreffen.

Eine Welt, in der sich die Wege von Georges Boucheseiche, Adrien Estebeteguy und Jo Attia mit dem eines gewissen „Doktors" kreuzen, des unheilvollen Besuchers am Abend, den die Nacht freigibt und wieder aufnimmt, sobald seine schmutzige Arbeit getan ist.

Eine Welt, über die Henri Chamberlin alias Henri Lafont herrscht, der Chef der furchtbaren Gestapo der Rue Lauriston, den Vallée als schamlosen Teufel darstellt, der sich seiner Macht sicher ist, eine schreckenerregende Person mit maßlosen Wutausbrüchen und schnellen Methoden.

Dieser schlechte Umgang führt Joano zu den schlimmsten Kompromissen.

Wie soll man anständig bleiben, wenn man jeden Monat den Preis für sein Leben zahlen muss?

Es ist unmöglich, nicht jeden zu betrügen, wenn es sein muss, um zu überleben. Man muss sich mit Mördern kompromittieren … ein tückischer Kreis, dessen williges Opfer Joano ist.

Mit Joanos Geschichte erforschen Nury und Vallée eine dunkle Facette der Geschichte der Besetzung von Frankreich. Eine Epoche entgegengesetzter Werte, wo Herumtreiber die Polizei beeindrucken konnten, wo Diebe ein gut gehendes Geschäft besaßen, wo Mörder und Folterknechte für ihre Gewalt beglückwünscht und für ihre Verbrechen mit Orden ausgezeichnet wurden.

Genauso war es … Es war einmal in Frankreich.

Grégory Auda, früherer Archivar der Polizeipräfektur von Paris, ist ein Historiker, der sich auf die Geschichte des organisierten Verbrechens in Frankreich spezialisiert hat. Er ist Autor des Werks *Les Belles Années du Milieu* (Editions Michalon).

— WARUM MÜSSEN WIR BETEN, MAMA?

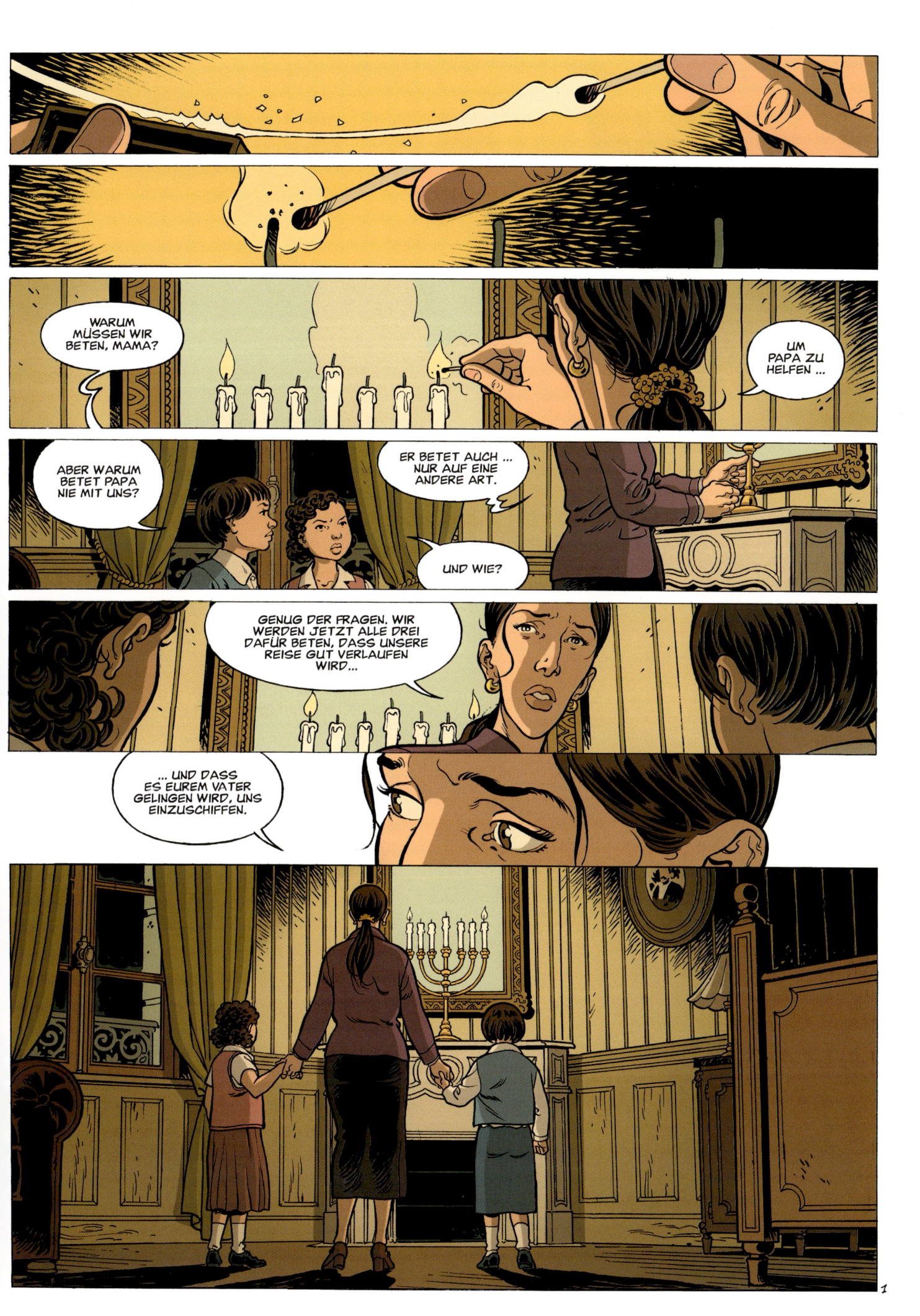

— UM PAPA ZU HELFEN...

— ABER WARUM BETET PAPA NIE MIT UNS?

— ER BETET AUCH... NUR AUF EINE ANDERE ART.

— UND WIE?

— GENUG DER FRAGEN. WIR WERDEN JETZT ALLE DREI DAFÜR BETEN, DASS UNSERE REISE GUT VERLAUFEN WIRD...

... UND DASS ES EUREM VATER GELINGEN WIRD, UNS EINZUSCHIFFEN.

LA ROCHELLE, 17. JUNI 1940 ...
LASSEN SIE UNS DURCH!
WIR SIND FRANZOSEN WIE SIE!
NUR PASSAGIERE MIT EINEM OFFIZIELLEN PASSIERSCHEIN DÜRFEN AN BORD GEHEN. TUT MIR LEID ...
SIE WERDEN UNS DOCH NICHT DEN BOCHES ÜBERLASSEN?!
WIR HABEN UNSERE AN-WEISUNGEN.
HIER IST IHRE KABINE.
DANKE.
SIE IST MIT DEN BEIDEN NACHFOLGENDEN VERBUNDEN. SECHS SCHLAFPLÄTZE IN DER ERSTEN KLASSE ... EIN SELTENER LUXUS IN DER HEUTIGEN ZEIT.
LUCIE, GIB IHM DAS GELD.
WENN ALLE ZU DIESEN PREISEN REISEN WÜRDEN, WÄREN SIE MILLIARDÄR.
WIR LEGEN MORGEN FRÜH UM FÜNF UHR AB. WENN SIE DANN NICHT AN BORD SIND, HABEN SIE PECH GEHABT.
WIR WERDEN DA SEIN.
2

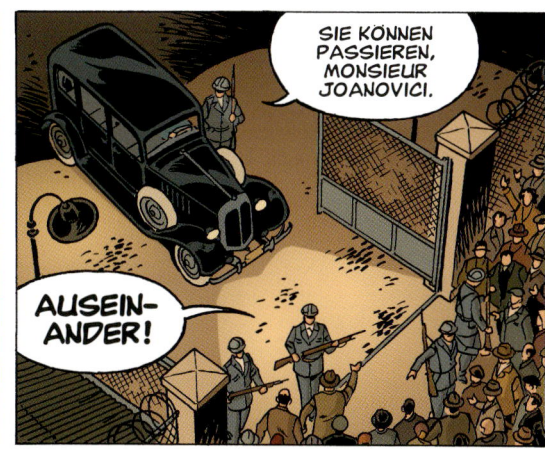

— HAST DU DEN KAPITÄN UND DIE WACHHABENDEN OFFIZIERE BEZAHLT?

— DAS HAST DU MICH SCHON DREIMAL GEFRAGT ... ALLE HABEN REICHLICH BEKOMMEN. WIR MÜSSEN NUR NOCH MIT EVA, DEN KLEINEN UND MARCEL AN BORD GEHEN ...

— ... UND AMERIKA ERWARTET UNS.

— SIE KÖNNEN PASSIEREN, MONSIEUR JOANOVICI.

— AUSEINANDER!

— NEHMEN SIE UNS BITTE MIT!

— WIR ZAHLEN DAFÜR!

— JOSEPH! HIERHER!

IST ALLES VORBEREITET?
WIR MÜSSEN NUR NOCH AN BORD GEHEN.
SOLL ICH EVA UND DIE KINDER HOLEN?
NEIN, NOCH NICHT.
WORAUF WARTEN WIR? DIE GANZE STADT IST ABGESPERRT. UND ES DAUERT, BIS WIR AM HAFEN SIND ...
ICH HABE NOCH EINE WICHTIGE VERABREDUNG. UND ICH MÖCHTE IHM BIS ZUR LETZTEN MINUTE DIE CHANCE GEBEN, MICH ZU TREFFEN.
MONSIEUR JOANOVICI?
HÖCHSTPERSÖNLICH.
SEHR ERFREUT. ICH BIN ARMAND BRAVO. KOMMISSAR VERDIER VON DER POLIZEIPRÄFEKTUR IN PARIS HAT MIR GESAGT, WO SIE ZU FINDEN SIND.
SIND SIE DER MANN VON DER ROTHSCHILD-BANK?
GENAU.
DERJENIGE, DER WEGEN FÄLSCHUNG VERURTEILT WURDE?
ÄH, JA ...
ICH HABE SIE ERWARTET. SIND SIE IN DER LAGE, PÄSSE ZU "ÜBERARBEITEN"?
WENN ICH INKOMPETENT WÄRE, HÄTTE KOMMISSAR VERDIER MICH WOHL KAUM GESCHICKT ... WAS KANN ICH FÜR SIE TUN, MONSIEUR JOANOVICI?
ICH MUSS KURZ ZU MEINER FAMILIE. RÜHREN SIE SICH NICHT VOM FLECK ... TRINKEN SIE INZWISCHEN EIN GLAS AUF MEINE RECHNUNG.

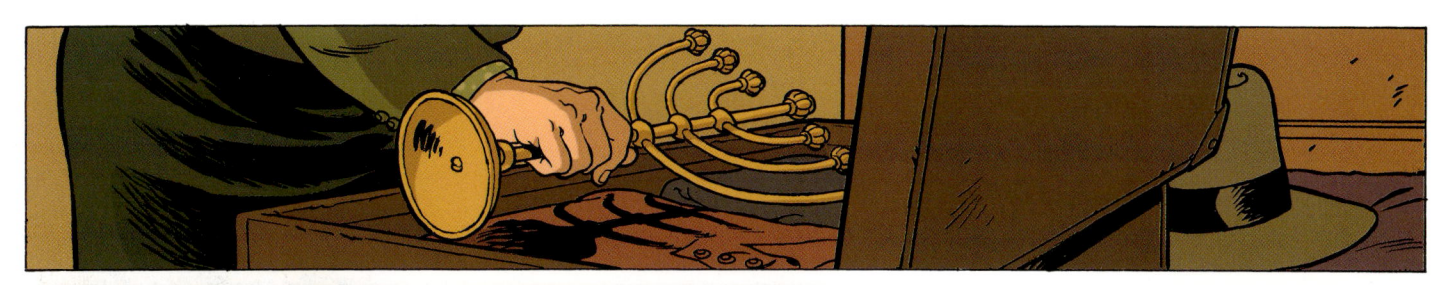

— DIE MÄDCHEN SIND FERTIG UND DIE KOFFER GEPACKT. WIR MÜSSEN NUR NOCH ZUM WAGEN HINUNTERGEHEN ...

— WIR GEHEN NICHT.

— MARCEL WIRD BEI EUCH BLEIBEN. ICH GEHE NACH PARIS ZURÜCK, UM MEINE LAUFENDEN GESCHÄFTE WIEDER ANZUKURBELN. WENN SICH DANN ALLES BERUHIGT HAT ... WERDEN WIR EUCH NACHHOLEN.

— DU ... DU MACHST SCHERZE?!

— WANN HAST DU DAS ENTSCHIEDEN?

— GERADE EBEN.

— DU BIST JA VOLLKOMMEN VERRÜCKT!

— ICH KENNE DIE DEUTSCHEN. SEIT JAHREN ARBEITE ICH MIT IHNEN ZUSAMMEN. SIE SIND IMMER VERNÜNFTIG GEWESEN.

— WEISST DU NICHT, WAS DIE NAZIS MIT UNS MACHEN WERDEN, WENN WIR HIERBLEIBEN?

Panel 1: VERTRAUE MIR, EVA. DU WEISST, ICH WÜRDE DIESES RISIKO NICHT EINGEHEN, WENN ICH MIR NICHT SICHER WÄRE, DAMIT FERTIG ZU WERDEN.

Panel 2: ABER WARUM?!

Panel 3: WARUM?! DU HAST IMMER DAVON GETRÄUMT, NACH AMERIKA ZU GEHEN! WIR HABEN UNS SO OFT DARÜBER UNTERHALTEN!

Panel 4: ICH HABE UNS EIN LEBEN IN DIESEM LAND AUFGEBAUT. ICH HABE IN DIESEM LAND MEIN GLÜCK GEMACHT. UND JETZT WILLST DU, DASS ICH FLIEHE WIE ALL DIE ANDEREN? KOMMT NICHT IN FRAGE ...

... NICHT FÜR MICH.

Panel 5: ABER DU ...

LASS GUT SEIN, EVA. DU WEISST DOCH, WIE ER IST, WENN ER SICH ETWAS IN DEN KOPF GESETZT HAT.

Panel 6: UND SIE?

Panel 7: ICH BRAUCHE LUCIE IN PARIS ... AUSSERDEM IST ES FÜR SIE WENIGER GEFÄHRLICH ALS FÜR EUCH.

NATÜRLICH ...

Panel 10: THÉRÈSE? HÉLÈNE? KOMMT ZU PAPA ...

STIMMT DAS? WIR GEHEN GAR NICHT WEG?
WIR HABEN EXTRA DAFÜR GEBETET ...
ICH KOMME ZURÜCK, MEINE LIEBEN. WIR WERDEN UNS SCHON BALD WIEDERSEHEN. SEID SCHÖN ARTIG ... UND VERGESST NIEMALS, DASS EUER PAPA EUCH SEHR LIEB HAT.
SIND SIE SICH SICHER, DASS ES EINE GUTE IDEE IST, JETZT DIE STRASSE ZU BENUTZEN?
ICH HABE EINEM UNTEROFFIZIER VOR DESSEN ABREISE NACH ENGLAND EINIGE KARTEN ABGEKAUFT ... DARAUF SIND ALLE BRÜCKEN VERZEICHNET, DIE DIE FRANZÖSISCHE ARMEE AUS ZEITGRÜNDEN NOCH NICHT GESPRENGT HAT.
ICH NEHME AN, DAS SOLL MICH BERUHIGEN ...
JEDENFALLS HABEN WIR KEINE ANDERE WAHL ... WIR MÜSSEN DIE NEBENSTRASSEN NEHMEN.
... DIE REISE DÜRFTE ETWAS LÄNGER DAUERN.
7

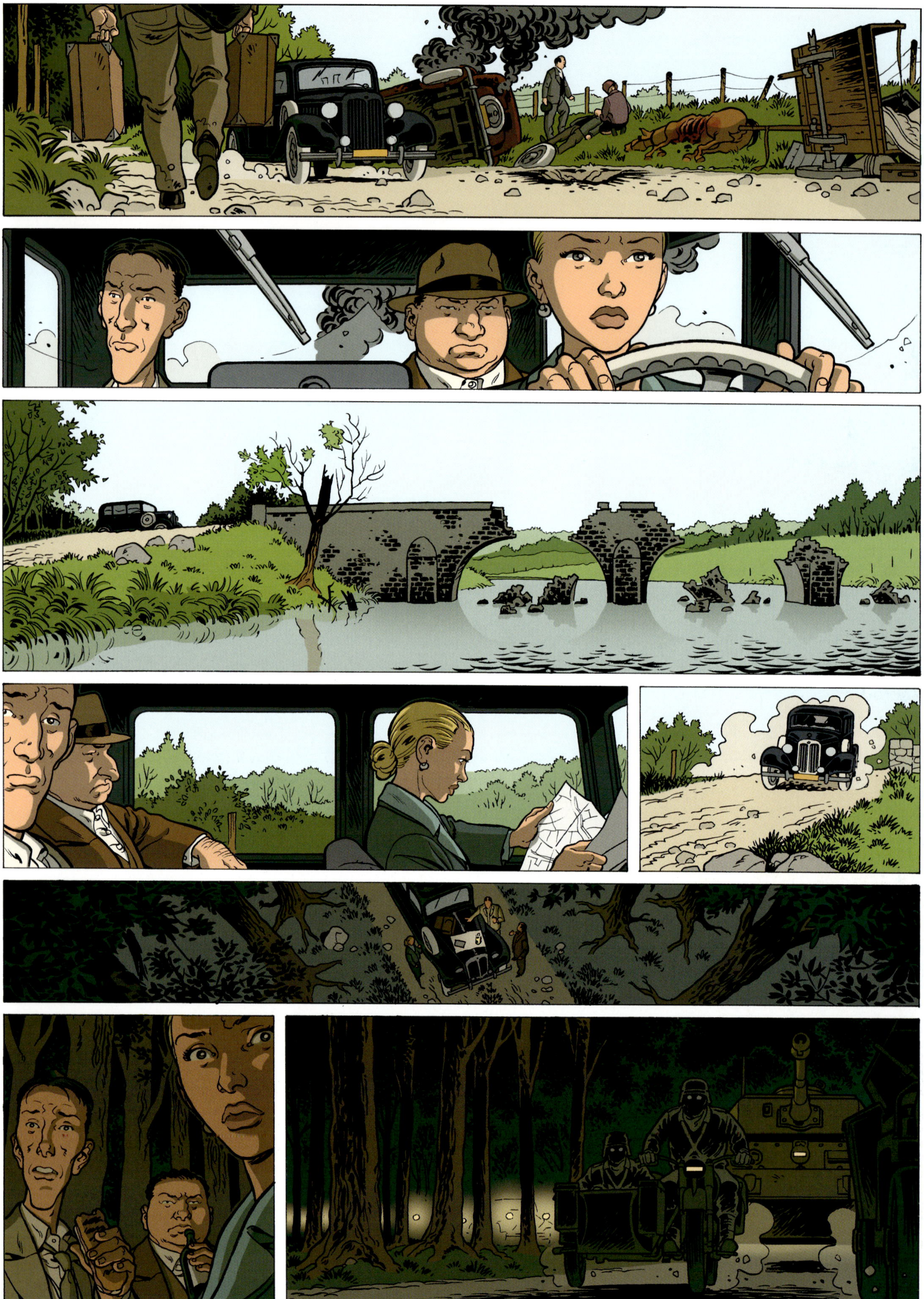

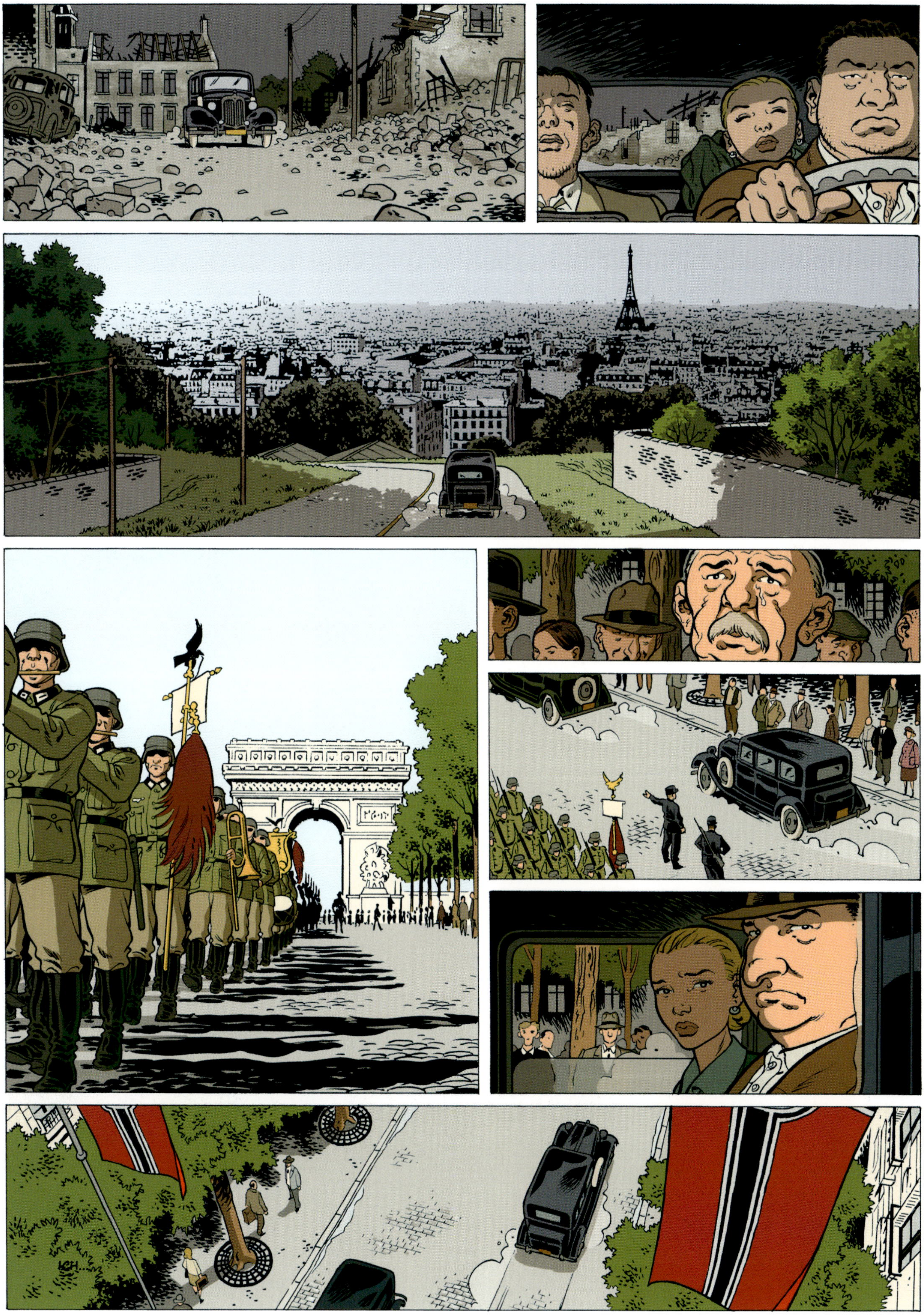

9

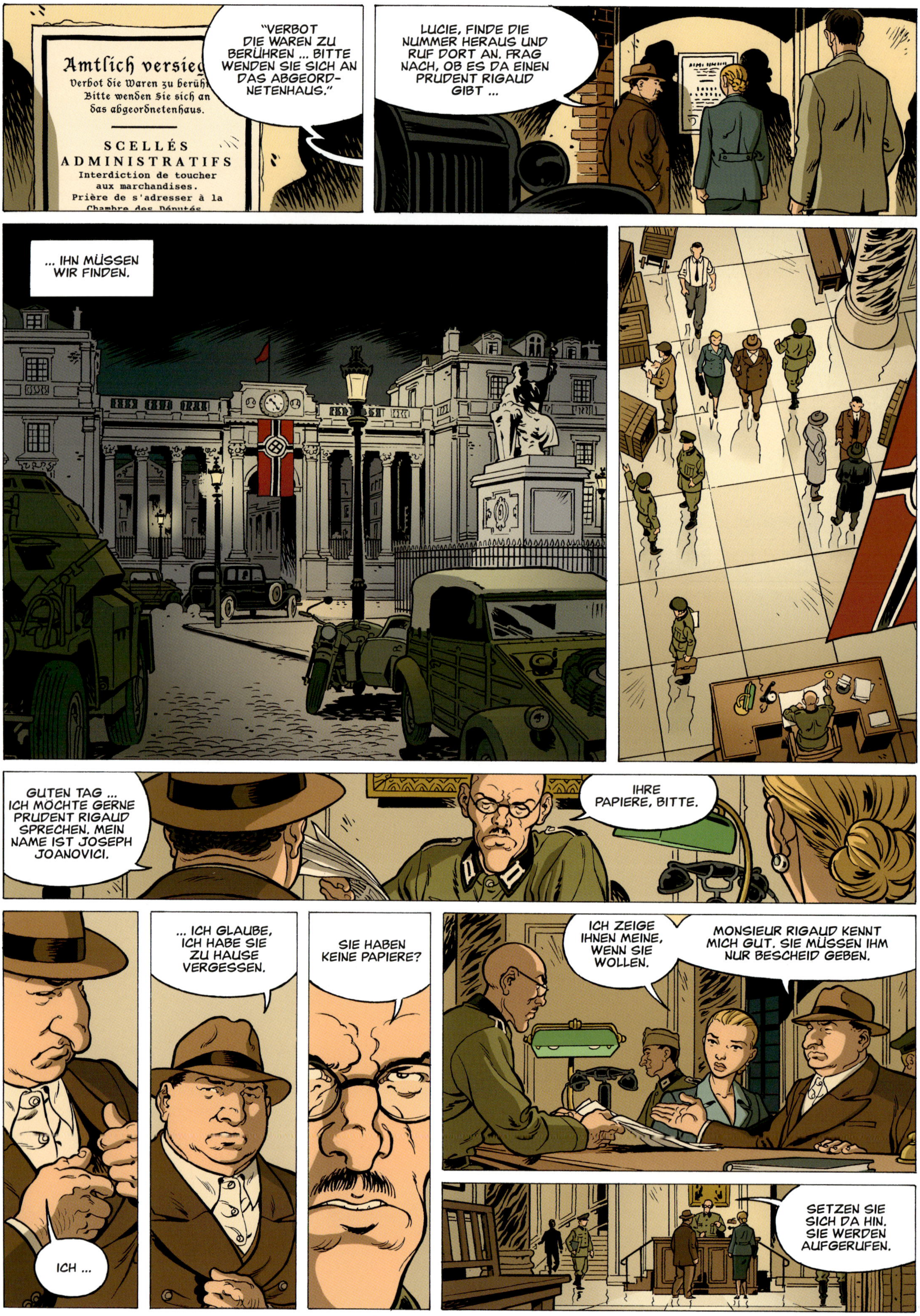
Amtlich versieg
Verbot die Waren zu berüh
Bitte wenden Sie sich an
das abgeordnetenhaus.
SCELLÉS
ADMINISTRATIFS
Interdiction de toucher
aux marchandises.
Prière de s'adresser à la
"VERBOT DIE WAREN ZU BERÜHREN ... BITTE WENDEN SIE SICH AN DAS ABGEORD-NETENHAUS."
LUCIE, FINDE DIE NUMMER HERAUS UND RUF DORT AN. FRAG NACH, OB ES DA EINEN PRUDENT RIGAUD GIBT ...
... IHN MÜSSEN WIR FINDEN.
GUTEN TAG ... ICH MÖCHTE GERNE PRUDENT RIGAUD SPRECHEN. MEIN NAME IST JOSEPH JOANOVICI.
IHRE PAPIERE, BITTE.
ICH ...
... ICH GLAUBE, ICH HABE SIE ZU HAUSE VERGESSEN.
SIE HABEN KEINE PAPIERE?
ICH ZEIGE IHNEN MEINE, WENN SIE WOLLEN.
MONSIEUR RIGAUD KENNT MICH GUT. SIE MÜSSEN IHM NUR BESCHEID GEBEN.
SETZEN SIE SICH DA HIN. SIE WERDEN AUFGERUFEN.

SCHEISSE ...
WENN SIE MICH ABFÜHREN, SAGST DU IHNEN, DASS WIR UNS KAUM KENNEN. SIE BRAUCHEN UNS JA NICHT BEIDE EINZUSPERREN.
ABER ... UND DU?
TU, WAS ICH DIR SAGE! DU WIRST MIR DRAUSSEN MEHR NÜTZEN ALS DRINNEN.
JOSEPH?
PRUDENT?! ENDLICH! WIR HABEN KAUM NOCH DARAN GEGLAUBT!
SCHON GUT. SIE GEHÖREN ZU MIR.
WAS IST DENN IN DICH GEFAHREN, HIER AUFZUTAUCHEN?! HIER HERRSCHT NOCH GROSSES DURCHEINANDER! HÄTTEST DU NICHT EINIGE TAGE WARTEN KÖNNEN, BIS WIR UNS EINGERICHTET HABEN?
KAUM ... SIE HABEN MEINEN BETRIEB UNTER ZWANGSVERWALTUNG GESTELLT.
SEI NICHT TÖRICHT! NIEMAND WIRD DEINE WOHNUNG IN DEN NÄCHSTEN WOCHEN ÜBERPRÜFEN ... ICH WERDE DIR FREUNDE VORBEISCHICKEN. INZWISCHEN SIEHST DU BESSER ZU, DASS DEINE PAPIERE IN ORDNUNG KOMMEN ... DIE BOCHES SIND SEHR KLEINLICH.
DAS HABE ICH GESEHEN. WEISST DU, WO OTTO IST?
OTTO? WENN ER WILL, DASS DU ES WISSEN SOLLST, WIRD ER DICH SCHON FINDEN. GEH JETZT! UND FALL BESSER NICHT AUF!

DAS IST DIE ARBEIT EINES KÜNSTLERS, NICHT WAHR?
UND?
ER HAT RECHT. ICH SEHE KEINEN FEHLER.
DER SCHLÜSSEL IST, DIE ÄNDERUNGEN AUF EIN MINIMUM ZU REDUZIEREN. NUR EIN ODER ZWEI KLEINE RETUSCHEN. SIE WAREN ALS "SOHN VON ISAAK" GEMELDET ... ICH HABE ES IN "SOHN VON IWAN" ABGEÄNDERT. DAS KLINGT BESSER.
HIER! DA SIE GERADE WARM GEWORDEN SIND ...
DIE VON MEINEM BRUDER UND MEINER FRAU. DIE KLEINEN SIND BEI EVA EINGETRAGEN ... MACHEN SIE DEN BESONDERS SORGFÄLTIG.
EIN KÜNSTLER GÖNNT SICH KEINE RUHE ...
HIER! EIN PERSONALSCHEIN GANZ FRISCH VON DER AUSLÄNDERABTEILUNG DER PRÄFEKTUR. JOSEPH IST EIN BÜRGER RUSSISCHER ABSTAMMUNG UND ORTHODOXER KONFESSION ...
ICH HOFFE, ICH MUSS JETZT NICHT DIE BIBEL AUSWENDIG LERNEN!
ZEICHNEN SIE JEDE SEITE DIESES VERTRAGS AB UND UNTERSCHREIBEN SIE AM ENDE.
KEIN PROBLEM. ICH WOLLTE SCHON IMMER MAL GESCHÄFTSFÜHRER SEIN.
... UND ICH MEHRHEITSAKTIONÄR.
FÜHLT EUCH HIER WIE ZU HAUSE. OFFIZIELL BIN ICH NUR EINER EURER ANGESTELLTEN.

— TRINKEN WIR AUF DIE KAPITAL-ERHÖHUNG!

— GLÜCKWUNSCH, JOSEPH. DU BIST DABEI, ZWEI LEUTE BEI DER POLIZEI-PRÄFEKTUR SEHR GLÜCKLICH ZU MACHEN...

— ES WÄRE AN DER ZEIT, DASS SICH DAS LANGSAM AUSZAHLT ... DIESER GANZE PAPIERKRAM KOSTET MICH EIN VERMÖGEN.

— FERTIG! JETZT, WO DIE GANZE FAMILIE BESTENS GEORDNET IST, WIRD SICH DER KÜNSTLER EIN WENIG ZURÜCKZIEHEN ... ICH BIN ERSCHÖPFT.

— NICHT SO SCHNELL ...

— DA SIND NOCH UNSERE ANGESTELL-TEN ...

— NEIN, SAGEN SIE MIR NICHT, DASS ...

— ES GIBT VIELE LEUTE IN DIESEM BETRIEB, DIE IN DERSELBEN SITUATION SIND WIE MEINE FAMILIE. UND SIE WERDEN SIE BIS ZUM LETZTEN "IN ORDNUNG BRINGEN".

— WOLLEN SIE MICH UMBRINGEN, ODER WAS?

— WORÜBER BEKLAGEN SIE SICH? SIE WER-DEN PRO STÜCK BEZAHLT!

— HOPP, AN DIE ARBEIT, GROSSER KÜNSTLER ...

— DANKE, MONSIEUR JOSEPH.

— DAS IST DOCH DAS MINDESTE, SIMON.

13

ICH BIN HAUPTMANN FUCHS.

ICH REPRÄSENTIERE DIE WIRTSCHAFTLICHE FORSCHUNGSGESELLSCHAFT WIFO. IM AUFTRAG DES REICHES BESCHLAGNAHMEN WIR ALTMETALLE GEMÄSS DEN WAFFENSTILLSTANDSRICHTLINIEN.

UND SIE KENNEN SICH MIT ALTEM SCHROTT AUS?

ICH FREUE MICH, IHRE BEKANNTSCHAFT ZU MACHEN, MONSIEUR JOANOVICI. UNSERE GEMEINSAMEN FREUNDE HABEN MIR SCHON VIEL VON IHNEN ERZÄHLT ...

EIN WENIG ... ABER ICH BIN WEIT VON IHREM KENNTNISSTAND ENTFERNT.

ICH WEISS NICHT, WAS IHRE FREUNDE IHNEN ÜBER MICH ERZÄHLT HABEN ... JEDENFALLS SOLLTEN SIE SIE GEWARNT HABEN, DASS MEIN METIER EIN WENIG EIGENTÜMLICH IST.

SIE MÜSSEN VERSTEHEN, ALTMETALLHÄNDLER SIND KEINE SEHR GEBILDETEN LEUTE ... IHRE LAGERBESTÄNDE SIND NUR SELTEN INVENTARISIERT ... ICH ZUM BEISPIEL SCHLIESSE MEINE VERTRÄGE FAST ALLE MÜNDLICH AB.

AUS GUTEM GRUND...

DAS WICHTIGSTE AUF DIESEM GEBIET IST ES, SEIN WORT ZU HALTEN. DADURCH HABE ICH BESCHEIDENE ERFOLGE ERZIELT ...

ICH BESCHÄFTIGE NUR KOMPETENTE LEUTE. UND DA SIE SO GUT INFORMIERT SIND, WISSEN SIE JA, DASS ICH EIN VERLÄSSLICHER GESCHÄFTSPARTNER BIN. MIT OTTO VERHANDLE ICH SCHON JAHRELANG.

SIE ÜBERRASCHEN MICH. ICH GLAUBTE VERNOMMEN ZU HABEN, DASS IHRE FIRMA IN DEN LETZTEN WOCHEN SOGAR EINE KAPITALERHÖHUNG VORGENOMMEN HAT ... UND ICH HIELT SIE FÜR WENIG KOOPERATIV.

ICH MUSS GESTEHEN, DASS SIE IN BERLIN EINEN GUTEN RUF HABEN. DARUM HABEN WIR ENTSCHIEDEN, ES AUF EINEN VERSUCH ANKOMMEN ZU LASSEN.
HÄTTE IHRE GETREUE "LUCIE-FER" WOHL DIE GÜTE, MIR ETWAS ZUM SCHREIBEN ZU BRINGEN?
DAS HIER IST EINES UNSERER ANKAUFBÜROS. FALLS SIE AUF "NICHT INVENTARISIERTE LAGERBESTÄNDE" STOSSEN SOLLTEN ... WIR NEHMEN IHNEN ALLES AB, WAS SIE FINDEN KÖNNEN.
ZU WELCHEM TARIF?
SIE WERDEN NICHT ENTTÄUSCHT SEIN.
ES WAR MIR EIN VERGNÜGEN, MONSIEUR JOANOVICI.
DAS VERGNÜGEN IST GANZ AUF MEINER SEITE. UND GRÜSSEN SIE OTTO VON MIR.
GLAUBST DU, SIE AHNEN ETWAS?
ICH GLAUBE, SIE MACHEN SICH NICHTS DARAUS. ES ZÄHLT NUR, DASS DIE GESCHÄFTE WIEDER LAUFEN.
15

EINEN AUGENBLICK ...
ER IST NICHT BEWAFFNET.
SIE KÖNNEN JETZT REIN.
VORNAME, TELEFONNUMMER.
ÄH ... IWAN. CLICHY, 98 802.
WAS VERKAUFEN SIE?
METALLE.
WELCHE METALLE? IN WELCHEN MENGEN?
KUPFER, 537. MESSING, 176.
IST DAS ALLES? 537 KILO KUPFER UND ...
ICH REDE VON TONNEN.
ICH, ÄH ...
ENTSCHULDIGUNG, ICH MUSS KURZ TELEFONIEREN.

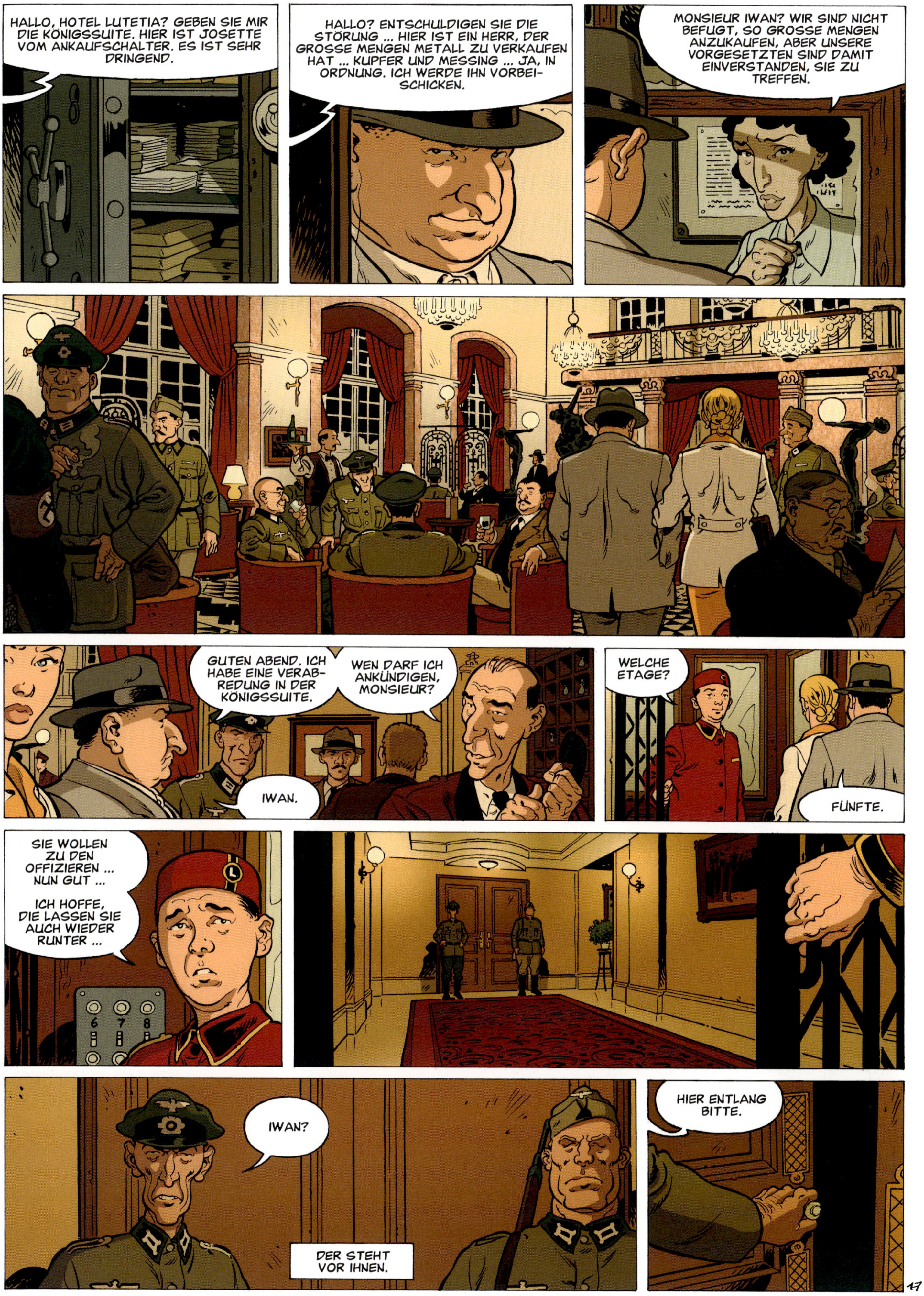

HALLO, HOTEL LUTETIA? GEBEN SIE MIR DIE KÖNIGSSUITE. HIER IST JOSETTE VOM ANKAUFSCHALTER. ES IST SEHR DRINGEND.
HALLO? ENTSCHULDIGEN SIE DIE STÖRUNG ... HIER IST EIN HERR, DER GROSSE MENGEN METALL ZU VERKAUFEN HAT ... KUPFER UND MESSING ... JA, IN ORDNUNG. ICH WERDE IHN VORBEI-SCHICKEN.
MONSIEUR IWAN? WIR SIND NICHT BEFUGT, SO GROSSE MENGEN ANZUKAUFEN, ABER UNSERE VORGESETZTEN SIND DAMIT EINVERSTANDEN, SIE ZU TREFFEN.
GUTEN ABEND. ICH HABE EINE VERAB-REDUNG IN DER KÖNIGSSUITE.
WEN DARF ICH ANKÜNDIGEN, MONSIEUR?
IWAN.
WELCHE ETAGE?
FÜNFTE.
SIE WOLLEN ZU DEN OFFIZIEREN ... NUN GUT ...
ICH HOFFE, DIE LASSEN SIE AUCH WIEDER RUNTER ...
IWAN?
DER STEHT VOR IHNEN.
HIER ENTLANG BITTE.

— ICH ... ICH BIN IWAN. ICH BIN VERABREDET MIT ...

— JOSEPH?

— OTTO? BIST DU'S?

— ICH HAB'S GEAHNT ... ES IST LANGE HER!

— DU LEBST JA JETZT RICHTIG IM LUXUS!

— EIN PRIVILEG DER UNIFORM... DA WERDEN ALLE SEHR ZUVORKOMMEND.

— KOMM, DARAUF TRINKEN WIR EINEN! MEINE FREUNDE WERDEN LUCIE SO LANGE GESELLSCHAFT LEISTEN.

— ACHTE NICHT AUF DIE UNORDNUNG. SEIT MEINER ANKUNFT HABE ICH EINIGE EINKÄUFE GETÄTIGT ... ICH GLAUBE, DU KENNST HAUPTMANN FUCHS?

— WIR SIND UNS BEREITS BEGEGNET.

— GUTEN ABEND, MONSIEUR JOANOVICI.

— NORMALERWEISE VERLANGEN WIR EINE PROBE VON DEN NEUEN LIEFERANTEN ... ABER FÜR DICH MACHE ICH NATÜRLICH EINE AUSNAHME. FUCHS, RUFEN SIE BEIM ANKAUF AN UND SAGEN SIE, DASS IWAN IN ORDNUNG IST UND SIE DAS GELD VORBEREITEN SOLLEN.

— NUN, WIE LAUFEN DIE GESCHÄFTE?

— BESSER, JETZT WO ICH DICH SEHE. DU BIST NICHT LEICHT ZU ERREICHEN ...

— ICH WAR SEIT DER WAFFENRUHE NICHT UNTÄTIG. ICH MUSSTE DIESE OPERATION AUFZIEHEN, DIE NETTERWEISE MEINEN NAMEN TRÄGT ...

UND AUSSERDEM HABE ICH DARAUF GEWARTET ZU SEHEN, WIE DU DEINE KLEINEN ADMINISTRATIVEN PROBLEME REGELN WÜRDEST. MAN KANN NIE VORSICHTIG GENUG SEIN. DU VERSTEHST ...
... UND ES GIBT RELIGIONEN, DIE GEÄCHTET WORDEN SIND.
NICHT DIE ORTHODOXEN, HOFFE ICH.
NEIN, NICHT DIE ORTHODOXEN.
UND WAS IST DIESE "OPERATION OTTO"?
DEM WORTLAUT DER WAFFENRUHE NACH HAT FRANKREICH AKZEPTIERT, DEM REICH EINE ENTSCHÄDIGUNG ZU ZAHLEN UND NICHT UNERHEBLICHE MENGEN METALL FÜR UNSERE RÜSTUNG ZU LIEFERN ...
... ABER IHR BRAUCHT NOCH MEHR.
GANZ GENAU. DEIN TREUER FREUND OTTO HATTE EINE BRILLANTE IDEE: DIESE ENTSCHÄDIGUNG ZU BENUTZEN, UM NOCH MEHR METALL ANZUKAUFEN ... ALLES IN ALLEM BEZAHLEN WIR DICH MIT FRANZÖSISCHEN STAATSGELDERN.
WAS DIR FEHLT, SIND ZWISCHENHÄNDLER. LEUTE, DIE IN DER LAGE SIND, IM UMKREIS VON 100 KILOMETERN DIE GERINGSTEN MENGEN AN KUPFER AUFZUSPÜREN ... ICH KÖNNTE DIR DABEI VON NUTZEN SEIN.
ZUM GLÜCK, DENN SONST WÄRST DU NICHT HIER.
DU KÖNNTEST DEN ERTRAG DER OPERATION NOCH STEIGERN, WENN EIN ODER ZWEI KÄUFER DEINES VERTRAUENS DIE ZENTRALISIERUNG DER WARE ÜBERNEHMEN WÜRDEN... DU SOLLTEST DEINE ZEIT NICHT MIT AMATEUREN VERGEUDEN.
ICH KENNE ALLE SCHROTTHÄNDLER FRANKREICHS, UND SIE VERTRAUEN MIR MEHR ALS DIR. DIE UNIFORM HAT AUCH IHRE NACHTEILE ...
ANGENOMMEN, ICH AKZEPTIERE ... SELBST FÜR DICH WÄRE ES NICHT EINFACH, ALL DIESE ALTMETALLE ZENTRAL ZU SAMMELN ...
ICH KENNE EINEN ORT, DEN FAST ALLE METALLE RICHTUNG DEUTSCHLAND ZWANGSLÄUFIG PASSIEREN MÜSSEN ... ES REICHT, WENN DU MIR DORT EINE ANSTELLUNG BESORGST.
HAT DIESES PARADIES AUCH EINEN NAMEN?...
19

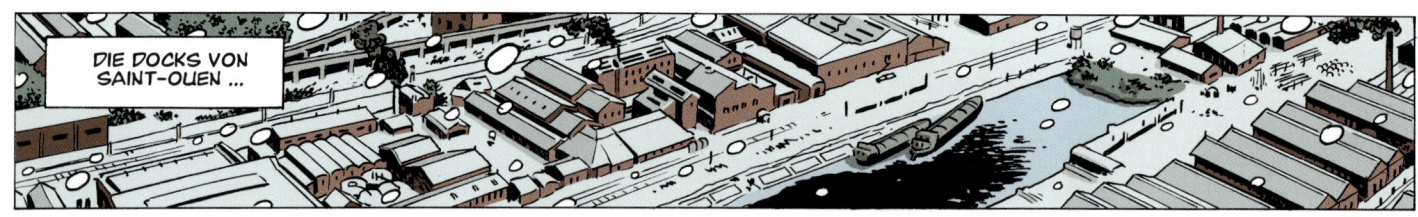

DIE DOCKS VON SAINT-OUEN ...

19,6 TONNEN. UND LEER WIEGT DIESER WAGEN ...

6,4. WIE ALLE CITROËN, DIE WIR GEWOGEN HABEN... DAS MACHT EINE DIFFERENZ VON 13,2 TONNEN ZINN.

WENN SIE SO GUT DARIN SIND, KÖNNEN SIE ES JA AUCH SELBER AUFSCHREIBEN.

ACH NEIN, JEDEM SEINE ARBEIT ... UND WENN SIE MIR EIN WENIG VERTRAUEN WÜRDEN, BRÄUCHTEN WIR NICHT JEDEN EINZELNEN LKW ZU ÜBERPRÜFEN.

IHNEN VERTRAUEN? SONST NOCH WAS?

DAS ... OH, MEIN GOTT!

WAS TUN SIE DA? WIR SIND NOCH NICHT FERTIG!

MACHEN SIE ALLEINE WEITER, SIE MACHEN DAS SEHR GUT!

MARCEL!

JOSEPH!

ICH BIN FROH, DASS DU DA BIST ... ICH HABE ARBEIT FÜR DICH. ALLES IST VORBEREITET: DEINE PAPIERE, DEINE REISE-GENEHMIGUNG ... SIEHST DU, WAS HIER ALLES HERUM-STEHT? ALLES FÜR UNS, MARCEL!
DAS FREUT MICH ... FRAGST DU MICH NICHT, WIE ES EVA UND DEN KINDERN GEHT?
ÄH, DOCH ... WIE GEHT ES IHNEN? SIE HABEN DOCH WOHL KEINE PROBLEME MIT DEN PAPIEREN, DIE ICH EUCH GESCHICKT HABE?
NEIN.
UND DAS GELD? HAT EVA DAS GELD BEKOMMEN?
JA.
NUN, DANN IST JA ALLES IN ORDNUNG ...
SIE HABEN DICH SEIT SIEBEN MONATEN NICHT GESEHEN, JOSEPH.
WAS WILLST DU, DAS ICH DIR DA-RAUF ANTWORTE? ICH BIN GEZWUNGEN, MICH VON IHNEN FERN-ZUHALTEN, SONST KÖNNTEN SIE MICH BELANGEN.
IST DAS WIRK-LICH DER EIN-ZIGE GRUND?
WIESO? SIEHST DU EINEN AN-DEREN?
NUN ... ICH HABE DEN EIN-DRUCK, DASS DU HIER DER HAHN IM KORB BIST. MIT LIEFERUNGEN AN DIE NAZIS VERDIENST DU EIN VERMÖGEN ...
WENN EVA DA WÄRE, BIN ICH MIR NICHT SICHER, OB SIE DICH DIE DEINEN VERRATEN LASSEN WÜRDE, OHNE ETWAS ZU SAGEN.
VERRATEN? ICH?
WARTE! ICH WERDE DIR ZEIGEN, WIE ICH DIE MEINEN VERRATE! ...
21

AUFMACHEN! HIER IST JOSEPH!
JEDENFALLS BIST DU JEMAND, DER SOFORT ALLE TRICKS DURCHSCHAUT ... ICH ZÄHLE AUF DICH, MICH HIER ZU ERSETZEN.
DIESER LKW ENTHÄLT ZINN. 13 TONNEN. WIR ENTLADEN EINE TONNE UND ERSETZEN SIE DURCH STAHL- UND ALUMINIUMSPÄNE ...
... DIE IM PREIS PRO KILO DREIMAL WENIGER WERT SIND.
DANN LADEN WIR DIESE TONNE AUF EINEN ANDEREN LKW UND SO WEITER.
DER PRÜFER, DEN DIE BOCHES ENGAGIERT HABEN, MERKT NICHTS DAVON. ER KONTROLLIERT NUR DIE QUANTITÄT, NIE DIE QUALITÄT.
EIN HÜBSCHER, KLEINER BETRUG, ABER ...
DAS IST MEHR ALS EIN BETRUG. DAS IST SABOTAGE!
WIR WISSEN BEIDE, WOZU DIESE METALLE DIENEN: ZUR HERSTELLUNG VON BOMBEN, KANONEN UND GRANATEN ... WENN ALSO EINIGE DIESER BOMBEN DEFEKT SIND, WENN SIE NICHT ÜBER DEN ALLIIERTEN EXPLODIEREN, DANN IST DAS DOCH EINE GUTE NACHRICHT, ODER?
INSBESONDERE, WENN WIR DADURCH HÖHERE MARGEN ERZIELEN ...
ICH WUSSTE, DU WÜRDEST DAS VERSTEHEN ... NICHT UMSONST BIST DU MEIN BRUDER.

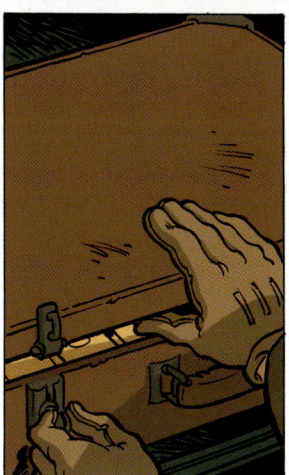

*JEAN-BAPTISTE CAMILLE COROT, FRZ. MALER (1796-1875)

*JÜDISCHE NACHRICHTEN

IN DEUTSCHLAND BESCHWERT MAN SICH. EINIGE IHRER LIEFERUNGEN WAREN NICHT SO REIN WIE ERWARTET ... BEDENKT MAN DEN VERWENDUNGSZWECK DIESER METALLE, IST DAS ÄUSSERST UNERFREULICH.
ICH SAGTE IHNEN DOCH, DASS MAN IHM NICHT VERTRAUEN KANN! ER IST DAFÜR VERANT-WORTLICH!
HIER, SIE SCHLAUKOPF.
WAS ... WAS SOLL ICH DAMIT MACHEN?
REIN ODER UNREIN? EISEN ODER KEIN EISEN?
ICH ... ICH WEISS NICHT. DAS ...
MIR REICHT EIN BISS, UM DIE ZUSAMMENSETZUNG ZU WISSEN. DARUM HABEN SIE MICH JA ENGAGIERT.
DAS IST NICHT DAS PROBLEM, MONSIEUR JOANOVICI.
MEINE AUFGABE IST ES, HIER AUF DEN DOCKS JEDEN TAG FÜR MIT METALL BELADENE LKWS ZU SORGEN ... WIE SIE SEHEN, IST DAS DER FALL. ES LIEGT AN DIESEM TROTTEL, DEREN LADUNG ZU ÜBERPRÜFEN, ABER DAZU IST ER GAR NICHT IN DER LAGE. DAS KOMMT DAVON, WENN MAN INKOMPETENTE LEUTE ANSTELLT.
ODER DURCH DIE ANSTELLUNG VON JU...
HALTEN SIE DEN MUND!
OTTO UND ICH BÜRGEN FÜR HERRN JOANOVICI! ER HAT RECHT: SIE SIND EINE NIETE! ICH WILL NICHTS MEHR VON IHNEN HÖREN!
ICH WEISS, DASS ER EIN NUTZ-LOSER IDIOT IST, ABER ICH KANN IHN NICHT RAUSSCHMEISSEN. ER KOMMT AUS EINER HOCHRANGIGEN BERLINER FAMILIE ... UND UNSER METALLPRO-BLEM HAT ER SICH NICHT AUSGEDACHT.
MEIN BRUDER IST GERADE AUS PARIS EINGETROFFEN. MIT METALLEN KENNT ER SICH GENAUSO GUT AUS WIE ICH. STELLEN SIE IHN EIN, ER WIRD DIE WARE ANSTELLE VON MIR ÜBERPRÜFEN.
25

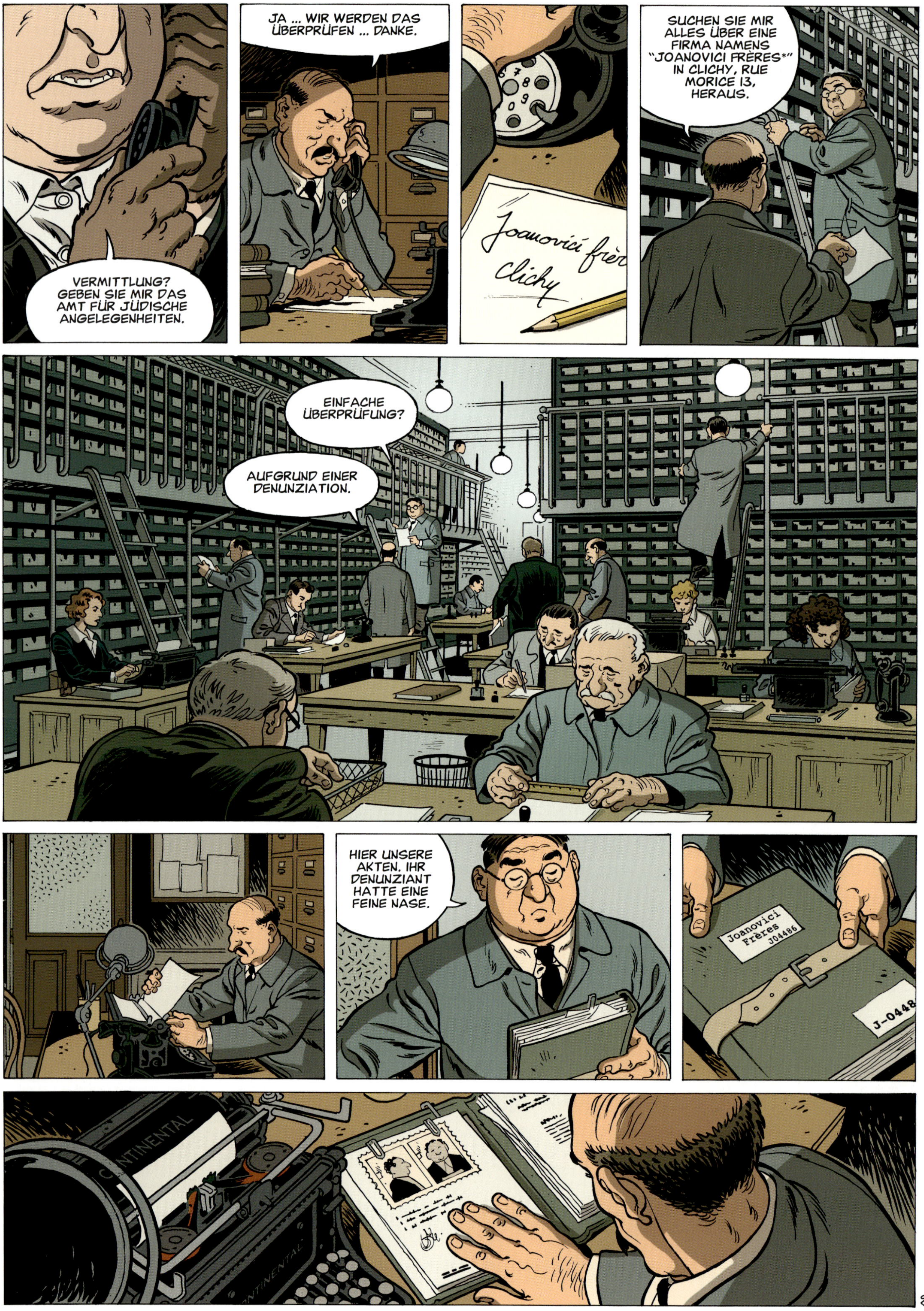

*GEBRÜDER JOANOVICI.

BETRIFFT: JOANOVICI FRÈRES

Wir empfehlen eine Überprüfung der Vermögenslage dieser Firma ...

... in Erwägung eines starken Verdachts, dass dieser Betrieb nach erfolgter Kapitalerhöhung nach wie vor von Juden geführt wird.

Genauer gesagt: rumänischen Juden.

TOC TOC TOC

WER IST DA?

MACHEN SIE AUF! ICH BIN'S, LUCIE!

JOSEPH WURDE FESTGENOMMEN. MARCEL AUCH. PACKEN SIE IHRE SACHEN.

FAHREN WIR ZU PAPA?

ICH BRINGE EUCH AUFS LAND. DA GIBT ES HÜBSCHE PFERDE. MAGST DU PFERDE?

OH JA! TOLL!

ICH ... ICH DANKE IHNEN.

ICH MACHE DAS NICHT FÜR SIE.

Dringende Notwendigkeit, einen vorläufigen Verwalter zu finden für die Gesellschaft "Joanovici Frères", Clichy, Rue Morice 13, Altmetallverwertung.

Jüdische Firmenleiter warten auf Abtransport ins Konzentrationslager ...

Keine Beschlagnahmung seitens der französischen Polizei.

KOMMEN SIE REIN, LUCIE. WIR HABEN SIE ERWARTET... DAS MIT JOSEPH HABEN WIR GEHÖRT.

ICH VERSICHERE IHNEN, DASS WIR NICHTS DAFÜR KÖNNEN. DOCH ICH GLAUBE ZU WISSEN, WER HINTER DIESER DENUNZIATION STECKT... EIN NEIDER, DER SICH RÄCHEN WOLLTE. SOLCHE DINGE PASSIEREN AB UND ZU.

WIR WERDEN VERSUCHEN, ETWAS BEIM AMT FÜR JÜDISCHE ANGELEGENHEITEN ZU ERREICHEN. ABER WIR KÖNNEN IHNEN NICHTS VERSPRECHEN.

ICH MUSS MIT IHNEN UNTER VIER AUGEN REDEN...

ABER SELBSTVERSTÄNDLICH... FOLGEN SIE MIR BITTE.

HIER. EIN GESCHENK VON JOSEPH.

EIN ECHTER COROT... HERRLICH.

ICH KÖNNTE VERSUCHEN, IHNEN NOCH WEITERE ZU BESORGEN, WENN SIE UNS HELFEN...

JOSEPH HAT WIRKLICH GLÜCK, SIE ZU HABEN. SIE SIND EINE INTELLIGENTE FRAU, ZU ALLEM ENTSCHLOSSEN...

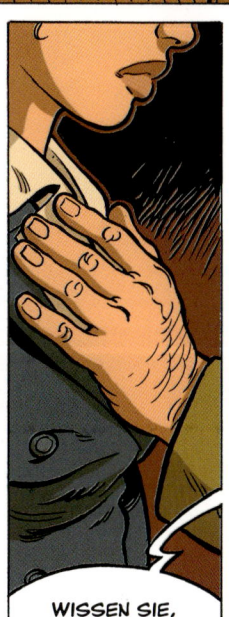

... UND VOLLER CHARME.

SIE WERDEN IHN DA RAUSHOLEN? SCHWÖREN SIE ES MIR?

WISSEN SIE, WIR KÖNNTEN UNS SEHR GUT VERSTEHEN...

SIE HABEN MEIN WORT ALS GENTLEMAN, WIE DIE ENGLÄNDER SAGEN.

BESTENS.

— KEINE DUMMEN GEDANKEN.

— FUCHS, NEHMEN SIE PAPIER MIT BRIEFKOPF. ICH WERDE IHNEN EIN OFFIZIELLES SCHREIBEN DIKTIEREN.

— HIERMIT BESCHEINIGEN WIR, DASS HERR JOSEPH JOANOVICI FÜR DEN OBEN GENANNTEN DIENST TÄTIG IST. ER IST BEFUGT, BEI TAG UND BEI NACHT, AN SONN- UND FEIERTAGEN HERUMZUREISEN, WENN ES ERFORDERLICH IST.

— ALLE FRANZÖSISCHEN UND DEUTSCHEN DIENSTE SOLLEN IHM BEI DER AUSFÜHRUNG SEINER AUFTRÄGE UNTERSTÜTZUNG ZUKOMMEN LASSEN.

— ... SIE DÜRFEN AUF KEINEN FALL WEDER SEINE AKTIONEN BEHINDERN, NOCH SEINE FREIHEIT ODER GESUNDHEIT BEEINTRÄCHTIGEN.

WILLST DU NOCH EINEN MOMENT BLEIBEN?

NICHT NÖTIG. ICH WEISS, DASS ES IHNEN GUT GEHT ...

... DANK DIR, LUCIE.

ER HAT ES GAR NICHT KOMMEN SEHEN ...

ICH KANN NICHTS DAFÜR! DIE KETTE IST GERISSEN UND DIESER DEPP STAND GENAU DRUNTER ...

ES WAR EIN UNFALL! ICH SCHWÖR'S IHNEN!

EIN ECHTER UNFALL ...

ER HATTE SOWIESO KEINE AHNUNG ...

UND ER HAT DAS METALL NICHT RESPEKTIERT ...

DAS METALL HAT IHN BESTRAFT!

HIER BITTE, MONSIEUR IWAN. 34 MILLIONEN. DAS WAR EINE GUTE WOCHE ...
DANKE, UND BIS NÄCHSTEN FREITAG!
HALLO, JOSEPH!
MANN, WAS FÜR EINE BEZAHLUNG! DU SCHEINST NICHT ERFREUT ZU SEIN, UNS ZU SEHEN ...
ÄH ... DOCH, DOCH! SEHR ERFREUT.
WIR HABEN OFT AN SIE GEDACHT, MONSIEUR JOANOVICI.
ALS WIR UNS IN UNSERER ZELLE GELANGWEILT HABEN
I... ICH HABE AUCH OFT AN EUCH GEDACHT ... SEID IHR SCHON LANGE RAUS?
LANGE GENUG. ABER WIR WOLLEN DICH NICHT AUFHALTEN, JOSEPH. WIR WERDEN BESTIMMT BALD DIE GELEGENHEIT BEKOMMEN, UNS WIEDERZUSEHEN ...
Clichy
VORZEITIGE HAFTENTLASSUNG ... SIE SIND BEREITS DREI MONATE AUF FREIEM FUSS, UND SIE HABEN IHRE ALTEN KONTAKTE WIEDER AUFGEFRISCHT ... ZU DEN KORSEN VOM MONTMARTRE.
TE ST OUEN
KÖNNTE MAN SIE NICHT ERNEUT EINBUCHTEN? AN VORWÄNDEN MANGELT ES SICHER NICHT ...
AUF GAR KEINEN FALL. DIE KORSEN STEHEN GUT MIT DEN DEUTSCHEN. FÜR DIE FRANZÖSISCHE POLIZEI SIND SIE UNANTASTBAR. IN DIESEM FALL KANN ICH DIR NICHT HELFEN.

HE DA!
OH, ENT-SCHULDI-GUNG!
ALLES IN ORDNUNG?
JA ... DANKE, MONSIEUR.
KÖNNEN SIE NICHT AUF-PASSEN?!
ES TUT MIR LEID, MONSIEUR.
JUIF
HÖREN SIE ... FALLS SIE UN-TERSTÜTZUNG BENÖTIGEN ... GEHEN SIE ZUR RUE MORICE 13, IN CLICHY ...
... SAGEN SIE, DASS MONSIEUR JOSEPH SIE GESCHICKT HAT. DORT WIRD MAN IHNEN HELFEN.
VERGESSEN SIE NICHT: RUE MORICE 13, IN CLICHY. VON MONSIEUR JOSEPH.
ICH ... DANKE, MONSIEUR.
AVIS
MANCHMAL BIST DU VIEL ZU GENERÖS ... GROSSZÜGIGKEIT IST AUS DER MODE GEKOMMEN.

DAS HIER IST ADRIAN ESTEBETE... ÄH ...
ESTEBETEGUY.
GENANNT "DER BASKE."
JO ATTIA.
HALLO.
GENANNT "DER GROSSE JO."
... UND GEORGES BOUCHESEICHE.
GENANNT "SPUCKE."
SEHR ERFREUT.
DIESE DREI CHARMANTEN JUNGS SIND EXPERTEN IN SACHEN PERSONENSCHUTZ ... SIE WERDEN SICH UM SIE KÜMMERN, MONSIEUR JOANOVICI.
WENN SIE MICH JETZT ENTSCHULDIGEN WOLLEN ... ICH HABE NOCH ANDERE DINGE ZU REGELN.
DANKE, HAUPTMANN. ICH RUFE SIE AN.
FUCHS HAT UNS VON IHREM PROBLEM ERZÄHLT. ES IST ALSO "STINKEFUSS", DER IHNEN PROBLEME BEREITET?
"STINKEFUSS"?
JA, DER KORSE ... WIE WAR NOCH MAL SEIN NAME?
DISCEBONNO. WOHER STAMMT DIESER SPITZNAME?
RATEN SIE MAL.
HM. HAUPTMANN FUCHS HAT MIR IHRE KONDITIONEN GENANNT. ICH WERDE SIE ZU GEGEBENER ZEIT BEZAHLEN ... DOCH ICH WÜRDE GERNE WISSEN, WAS SIE UNTERNEHMEN WERDEN, UM IHN VON MIR FERNZUHALTEN.
FERNHALTEN? ABER WIR WERDEN GENAU DAS GEGENTEIL TUN ...
... WIR WERDEN IHN ANLOCKEN.

IST DA VIEL GELD IN DEM KOFFER?
GENUG, UM MIR SECHS MONATE LANG IHRE DIENSTE ZU LEISTEN.
DREI WOCHEN MACHEN WIR HIER NUN SCHON DIE RUNDE, UND DIESER KORSE LÄSST SICH EINFACH NICHT BLICKEN.
AH, WIR WERDEN VERFOLGT.
SIND DAS IHRE FREUNDE?
NEIN, ABER ICH HABE DIESE KARRE SCHON MAL GESEHEN. SIE HAT IN DERSELBEN STRASSE GEPARKT WIE WIR.
UND DIE ANDEREN? WÄREN DIE ETWA IM-STANDE, UNS ZU VERRATEN?
NUR KEINE SORGE. DIE SIND NICHT WEIT ...
LOS GEHT'S!
BAOM
35

JOANO! DU ARSCH!
DU BIST TOT, JUDE!
PSSSTT ...
DEUTSCHE POLIZEI! NIMM DIE HÄNDE HOCH!
UND DU, AFFENGESICHT, LEG DEINE PRANKEN AUFS LENKRAD!
DEUTSCHE POLIZEI? MIT DEINEM AKZENT?
NA UND? ...
WILLST DU WISSEN, WELCHE SPRACHE MEINE KLEINE FEUERSPRITZE SPRICHT?!
36

MACHT KEINEN UNSINN, JUNGS ... ES GIBT IMMER EINEN WEG, SICH ZU EINIGEN ...
ES STIMMT, JOSEPH UND ICH HATTEN EINE AUSEINANDERSETZUNG, ABER ICH WOLLTE IHM NICHTS BÖSES TUN.
SEID DOCH NICHT SO ... UNTER KOLLEGEN MUSS MAN ZUSAMMENHALTEN! WENN IHR KNETE WOLLT, DAVON HABE ICH EINEN GANZEN HAUFEN ... IHR MACHT EINEN GROSSEN FEHLER!
ICH HABE FREUNDE, DIE MICH SUCHEN WERDEN, WENN IHR ...
HÄLTST DU JETZT ENDLICH DEINE KLAPPE?!
JOSEPH! NEIN!!
KLANG
PAW PAW
ES IST VORBEI.

37

DA KOMMT JEMAND!
KEIN PROBLEM, DAS IST DER DOKTOR.
GUTEN ABEND.
ES IST UNTEN. SIE ERWARTEN SIE.
DER ÜBLICHE PREIS?
DER DOPPELTE.
GUTEN ABEND, DOKTOR.
JA, JA ... ICH SEHE SCHON, ALLES IST VORBEREITET.
IST ER TATSÄCHLICH ARZT?
JA, EIN SPEZIALIST. ER HAT EINE PRAXIS IN DER RUE LESUEUR ... GELEGENTLICH ARBEITET ER FÜR UNS.

STETS ZU DIENSTEN, MEI-NE HERREN.
STEIGEN SIE EIN.
BRINGEN SIE MICH ... NACH CLICHY?
NEIN.
ZUNÄCHST MÜSSEN WIR NOCH BEIM CHEF VORBEI.
OTTO?
WIR KENNEN KEINEN OTTO.
15e Arr^t
RUE LAURISTON
39

ALSO DAS HIER SOLL "STINKEFUSS" SEIN? IRRTUM AUSGE-SCHLOSSEN?
GANZ SICHER. SIE KÖNNEN ES GERNE ÜBER-PRÜFEN.
UND OB ICH DAS TUN WERDE ...
AH, MAN HAT MICH NICHT BELOGEN ...
... DIESER KORSE HATTE ECHTEN SINN FÜR HUMOR!
à la Rose
à la Violette

PACKT MIR DAS GUT EIN UND LASST ES ZUM GANGSTERBOSS VOM MONTMARTRE BRINGEN. DANN WERDEN SIE VERSTEHEN, DASS MAN MEINE SCHÜTZLINGE NICHT ANFASSEN SOLLTE ...
UND WAS IST DA DRIN? NOCH MEHR METZGERWARE?
DAS MUSS MAN DEN KLEINEN SCHROTTHÄNDLER FRAGEN. ER SAGT, SIE GEHÖREN IHM.
MACHT SIE AUF.
DU MEINE GÜTE!
SEHR EIN-TRÄGLICH, DIESES ALTMETALL ...
ES ... ES WAR EIN GUTER MONAT, ABER DAS IST EHER DIE AUSNAHME.
SEHR FREUNDLICH VON DIR, PERSÖNLICH HIER VORBEIZUKOMMEN, UM MICH ZU BEZAHLEN.
DU MUSST SICHER SCHON VON MIR GEHÖRT HABEN ...
ICH GLAUBE, JA ... DU BIST **LAFONT**.
KORREKT. KOMM, ICH ZEIGE DIR DEN FÜHRERSTAND ...
41

DER DA IST BONNY, MEIN ASSISTENT. ER WAR FRÜHER BEI DER PRÄFEKTUR.
SEHR ERFREUT.
ICH KANN IHNEN GERADE NICHT DIE HAND GEBEN. ICH BIN MIT DEM SIEGELRING AN DER FRESSE EINES VOLLIDIOTEN HÄNGEN GEBLIEBEN.
HÖR AUF ZU TRÄUMEN! ICH WARTE SCHON AUF DICH!
HOLT IHN RAUS.
V... VERDIER?

*GEFÄNGNISSE.

OTTO ... OTTO VERTRAUT MIR.
ICH ARBEITE FÜR IHN.
ICH SCHEISSE AUF OTTO. ER KANN MIR NICHTS ANHABEN. UND WEISST DU, WAS ICH GLAUBE? ER WIRD DICH IN WENIGER ALS EINER WOCHE ERSETZT HABEN.
ICH KANN DIR GELD GEBEN ...
SCHON PASSIERT. ZIEH DEINE HOSE AUS.
ICH KANN DIR JEDE WOCHE GELD GEBEN ... BEI MIR IN RUMÄNIEN GIBT ES EIN SPRICHWORT ...
DAS WILL HIER KEINER HÖREN ... SONST SAGST DU UNS GLEICH NOCH GEDICHTE AUF!
UND JETZT DIE UNTERHOSE.
... EIN SPRICHWORT, DAS BESAGT: "BESSER EINE KUH MELKEN ...
... ALS EINE KUH TÖTEN."
SEHR HÜBSCH!
ZIEH DICH WIEDER AN. SONST WIRST DU DICH NOCH ERKÄLTEN.

*VON DER DEUTSCHEN WEHRMACHT EINGERICHTETES SAMMEL- UND DURCHGANGSLAGER IM NORDEN VON PARIS.

PARIS, 16. JULI 1942 ...

HAST DU VON DER RAZZIA HEUTE MORGEN GEHÖRT?

HABE ICH.

NICHT DASS SIE UNSEREN KLEINEN FREUND AUS CLICHY MITNEHMEN ...

JOSEPH? DER STEHT UNTER SCHUTZ!

TROTZDEM. DU WEISST JA, WIE DAS GEHT ... ES REICHT EIN ÜBEREIFRIGER BEAMTER UND PAFF! SEHEN WIR DEN KLEINEN SCHROTTHÄNDLER NIE WIEDER.

DU HAST RECHT. NIMM DIR WAS ZUM SCHREIBEN.

VON: HAUPTSTURMDINGENS ... SETZ MEINEN NAMEN UND RANG EIN. AN: DEN GENERALBEVOLL-MÄCHTIGEN FÜR JÜDISCHE ANGELEGENHEITEN.

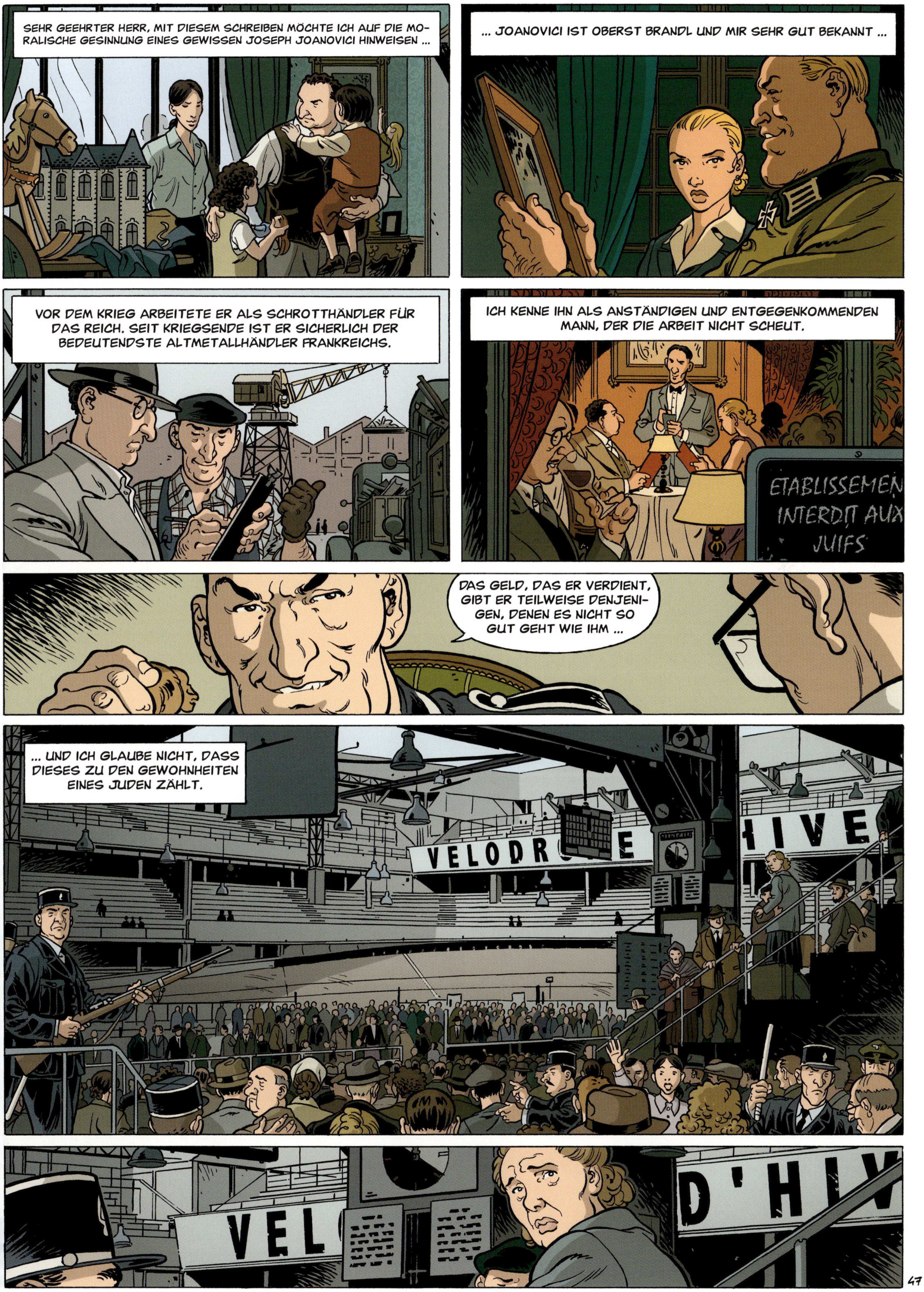
SEHR GEEHRTER HERR, MIT DIESEM SCHREIBEN MÖCHTE ICH AUF DIE MORALISCHE GESINNUNG EINES GEWISSEN JOSEPH JOANOVICI HINWEISEN ...
... JOANOVICI IST OBERST BRANDL UND MIR SEHR GUT BEKANNT ...
VOR DEM KRIEG ARBEITETE ER ALS SCHROTTHÄNDLER FÜR DAS REICH. SEIT KRIEGSENDE IST ER SICHERLICH DER BEDEUTENDSTE ALTMETALLHÄNDLER FRANKREICHS.
ICH KENNE IHN ALS ANSTÄNDIGEN UND ENTGEGENKOMMENDEN MANN, DER DIE ARBEIT NICHT SCHEUT.
ETABLISSEMEN
INTERDIT AUX
JUIFS
DAS GELD, DAS ER VERDIENT, GIBT ER TEILWEISE DENJENIGEN, DENEN ES NICHT SO GUT GEHT WIE IHM ...
... UND ICH GLAUBE NICHT, DASS DIESES ZU DEN GEWOHNHEITEN EINES JUDEN ZÄHLT.
VELODR
E
IVE
VEL
D'HIV
47

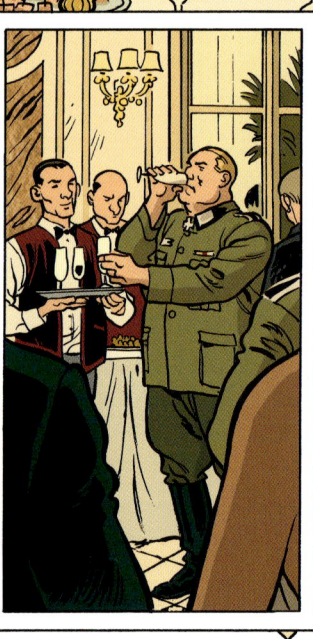

| | SOLLEN WIR DA WIRKLICH HINGEHEN? | GEWISS. ALLE WERDEN DORT SEIN. OTTO, LAFONT, DIE GENERÄLE ... | ICH MAG DIESE FESTESSEN NICHT ... | ALLES WIRD GUT GEHEN ... DU BIST GROSSARTIG. |

| DA HINTEN IST OTTO ... BEIM BUFFET. | LOS ... NUR KEINE ANGST, DU KENNST IHN. | | | GUTEN ABEND, JOSEPH. MEINE LIEBE LUCIE, SIE SEHEN UMWERFEND AUS. |

GUTEN ABEND, OTTO.

| | WILLST DU NICHT TAUSCHEN, JOSEPH? LUCIE GEGEN EINEN RENOIR? | DU TRINKST ZU VIEL, OTTO. DU WIRST NICHT BIS MITTERNACHT DURCHHALTEN. | "OTTO", DAS WAR EINMAL. DIE OPERATION WURDE VERRATEN UND VERKAUFT, UND ICH BIN WIEDER DER EINFACHE OBERST HERMANN BRANDL. |

NACHDEM MAN UNS IN NORDAFRIKA UND STALINGRAD DIE HOSEN AUSGEZOGEN HAT, HABEN GEWISSE BERLINER INTELLEKTUELLE BESCHLOSSEN, MEINEN DIENST, DIE ABWEHR, ZU TADELN UND DIE SACHE WIEDER SELBST IN DIE HAND ZU NEHMEN.

SEI VORSICHTIG, JOSEPH. DEINE NÄCHSTEN GESPRÄCHSPARTNER WERDEN WENIGER PRAGMATISCH SEIN ALS ICH.

ABER ... WAS WERDEN SIE NUN MACHEN?

ICH BLEIBE IN PARIS, ABER MIT EINGESCHRÄNKTEN VERANTWORTLICHKEITEN. ICH STEHE UNTER AUFSICHT, WIE JEDER ANDERE AUCH.

WAS SOLL ICH IHNEN SAGEN? ICH GLAUBE, DASS WIR DIESEN KRIEG VERLIEREN WERDEN ...

AH! DAS ABENDESSEN IST ERÖFFNET! TUT MIR LEID, ABER WIR SITZEN NICHT AM SELBEN TISCH.

EINIGE VÄTER SIND WIE ICH NAHE BEI IHREN KINDERN UND LIEBEN ES, SIE AUFWACHSEN ZU SEHEN.

ANDERE ZAHLEN IHNEN EINE HÜBSCHE WOHNUNG IN ENGHIEN* MIT BLICK AUF DEN SEE ... UND VERGESSEN SIE DANN. SO IST ES DOCH, JOSEPH, ODER?

DIE KLEINEN ZUCKERSCHNÜTCHEN UND DIE HÜBSCHEN PÜPPCHEN VERGISST MAN SCHNELL. WAS EIN MANN HINTERLÄSST, SIND SEINE KINDER. DAS WICHTIGSTE IST HALT IMMER NOCH DIE FAMILIE, NICHT WAHR, JOSEPH?

ICH ERWARTE VOR ALLEM, DASS MEINE KINDER SICH EHER AN IHRE MUTTER ALS AN MICH ERINNERN WERDEN ... UND DEINE SÖHNE? WISSEN SIE, WAS DU SO MACHST?

EIN WENIG WISSEN SIE ES SCHON! MEINE BENGEL BEWUNDERN MICH. UND DENNOCH VERZÄRTELE ICH SIE NICHT. SELBST WENN ICH SIE ZUM RELIGIONSUNTERRICHT SCHICKE.

MIT GÜRTELSCHLÄGEN?

*ENGHIEN-LES-BAINS: EINE DER BEGEHRTESTEN WOHNGEMEINDEN IN DER REGION PARIS.

"NIMM DICH IN ACHT, JOSEPH ..."

"... FÜR MICH BIST DU NUR EIN DRECKIGER JUDE!"

"UND ... ÄH ..."

"WIE VIEL KOSTET ES, DAS NICHT MEHR ZU SEIN?"

"MILLIONEN, PRO WOCHE."

NEIN.
WIE, NEIN?
NEIN, ICH WERDE NICHT ABREISEN.
ICH HABE NICHT DIE ZEIT, MICH MIT DIR ZU STREITEN. PACK DIE KOFFER FÜR DIE KLEINEN. IHR MÜSST SOFORT MIT MARCEL AUFBRECHEN!
THÉRÈSE IST IN DER SCHULE. UND HÉLÈNE HAT FIEBER. SIE KANN NICHT VERREISEN.
VERSTEHST DU, WAS ICH DIR SAGE? DIE KERLE WISSEN, WO IHR WOHNT! DIESER ORT IST NICHT MEHR SICHER!
ICH DACHTE, DIESE KERLE WÄREN DEINE FREUNDE.
ICH SAGE DIR ...
DAS ... IST ZU VIEL.
SEIT ZWEI JAHREN SETZE ICH ALLE HEBEL IN BEWEGUNG, DAMIT WIR ZURECHTKOMMEN ... UM PAPIERE, GELD UND VERSTECKE ZU BESORGEN ... UM MIT DEN ÜBELSTEN DRECKSÄCKEN AUF DIESER ERDE ZU VERHANDELN, DAMIT IHR BESCHÜTZT SEID ...
... UND DU HAST NICHTS BESSERES ZU TUN ...
... ALS DAS HIER ZUR SCHAU ZU STELLEN?!
51

ICH BIN, WIE ICH BIN UND DIE KINDER AUCH. UND DU EBENFALLS. AUCH WENN DU ALLES TUST, WAS DU KANNST, UM DAS ZU VERBERGEN ...	WEISST DU, WAS SIE TUN WERDEN, WENN SIE EUCH MIT DEM HIER FINDEN? WEISST DU, WO SIE DICH UND DIE KINDER HINBRINGEN WERDEN?

SIE HABEN EIN LAGER IN DRANCY, FÜR LEUTE WIE UNS! DORT PFERCHEN SIE EUCH EIN WIE DIE TIERE! ZUERST MACHEN SIE EUCH MÜDE, DANN HUNGERN SIE EUCH AUS ... UND SCHLIESSLICH TÖTEN SIE EUCH!

HÖR AUF DAMIT! BITTE! HÖR AUF ...

WILLST DU DEINE KINDER KREPIEREN SEHEN?

WILLST DU, DASS SIE VOR DEINEN AUGEN VERGEWALTIGT UND DANN IHREN HUNDEN ZUM FRASS VORGEWORFEN WERDEN?!

MAMA!!

DU ... DU TUST MAMA WEH ...

HÉLÈNE, MEIN SCHATZ ... ICH ...

NAAAHHH!!!

CLAC

BIST DU NUN ZUFRIEDEN?

DA MUSS ES JEMANDEN BEIM AMT FÜR JÜDISCHE ANGELEGENHEITEN AUF DICH ABGESEHEN HABEN ...

DU BIST ZU EINER MEDIZINISCHEN KONTROLLE VORGELADEN, JOSEPH ...

ICH HAB'S SATT ... ICH HAB'S JA SO SATT.

JA, ICH WEISS, DASS DAS NERVIG IST ...

HÖR ZU. WAS ICH TUN KANN, IST, DIR ZWEI MEINER LEUTE MIT EINEM GESCHENK VON MIR VORBEIZUSCHICKEN ...

ICH PFEIFE AUF DEIN GESCHENK! ALLES WORUM ICH DICH BITTE, IST, DASS MAN MICH EIN FÜR ALLE MAL IN RUHE LÄSST!

DAS WÄRE SCHADE. ES WIRD DIR BESTIMMT GEFALLEN.

ÜBRIGENS, JOSEPH ... ERSCHRICK NICHT, WENN DU MEINE LEUTE SIEHST ...

... SIE SIND UNIFORMIERT. UND SIE SPRECHEN KEIN WORT FRANZÖSISCH ...

— ICH BIN JOSEPH JOANOVICI. ICH KOMME ZUR MEDIZINISCHEN UNTERSUCHUNG.

— STELLEN SIE SICH BITTE ANS ENDE DER WARTESCHLANGE.

— ODER HABEN SIE ES ETWA EILIG?

— FLEISCHIGE UNTERLIPPE ... MANIFESTATION DES KIEFERKNOCHENS WIE BEI EINER NICHT EUROPÄISCHEN RASSE ...

— SCHMALE STIRN. TIEFER HAARANSATZ. DUNKELHÄUTIG. MEHR ODER WENIGER JÜDISCHE GESICHTSZÜGE ...

— MEIN HERR! SIE KÖNNEN DA NICHT REIN!

— WER HAT IHNEN DAS ERLAUBT?! RAUS HIER!

— Wissen Sie, was das ist?

— Ein ... ein Ausweis von ... äh ...

— ... der Gestapo. Und die beiden da sind von der SS.

— Sie werden jetzt sofort eine Arier-Bescheinigung auf den Namen Joseph Joanovici ausstellen ...

— ... sonst sind Sie es, der deportiert wird!

— Hier bitte. Es ist amtlich, Monsieur Joanovici. Sie sind ein Arier.

— Danke.

— Das war doch gar nicht so kompliziert ...

> ES IST AMTLICH, MONSIEUR JOANOVICI ...

> ... SIE SIND EIN ARIER.

ENDE DER EPISODE

ES WAR EINMAL IN FRANK-REICH

Galerie der Exlibris

Erschienen 2007 bei Glénat zur Veröffentlichung von Band #1 in Frankreich.
Auflage: 500 Ex.
Erschienen 2010 in Deutschland in der ZACK Edition als Beilage zur Luxusausgabe von Band #1.
Auflage: 333 Ex.

Erschienen 2010 bei der Buchhandlung Fugues zur Veröffentlichung der Sonderausgabe von Band #4.
Auflage: unbekannt

Erschienen 2010 beim Virgin Megastore als Beigabe beim Kauf des 4. Bandes und zur Signierstunde mit Sylvain Vallée. Auflage: unbekannt